I0526784

森の奇跡

シルパ　パルシアイネン

Publisher: FACE training center
Translation: Aiko Shiratsuka

ISBN: 978-952-68671-0-6

はじめに

私はこの本をすべての子供たちと次世代をになう若者たちに捧げます。　ほんの少し勇気を出して行動することで、私たちが目にする日常はすばらしい奇跡で満ちあふれることでしょう。

大自然の美しさは、昼も夜もからみ合いながら常に私たち自身について、人生について、沢山のことを教えてくれます。　忙しい日々の中でも、時には立ち止まりこの大自然に目を向け、耳を傾けることはとても大切なことです。　子供たちの行いや物語は、ただ耳で聞くことと、聞き入れることとの大きな違いについて私たちに教えてくれることがあります。

私たちもほんの少し勇気を出して身の回りの日常や自分自身の中に宝物を探してみましょう！

オーロラが空にあらわれると、
おじいちゃんはボクにお話しをしてくれた。
それはボクがはじめてオーロラを見た時だった。

おじいちゃんのお話し：
わしは空にオーロラが舞う日に生まれたんだよ。お母さんはいつもわしのことを最高のプレゼントだと言っていた。大空に舞う美しいオーロラのような最高の奇跡だとね。

わしは子供のころ、自分のまわりでおこってい
る事が気になってしかたがなくてね。
たくさんの疑問を色々調べたもんだ。

お父さんとお母さんも色々教えてくれたよ。
とくにお母さんは注意すべき危ないことについていつも言い聞かせてくれたものだ。怒っている鳥や見たことないクマには近づかないようになどとね。そして私の他に兄さんや妹にも、もし危ない目にあった時は木の上に登りなさい。そして、池は何が起こるかわからないから絶対に近づいてはいけないよと何度も繰り返していたものだ。

だが、まだ小さかったわしはとにかく外の世界で起こっている出来事が知りたくてね。わしが住んでいたホームフォレストという森はほんとうに小さくてね、たまに見たことない木を見つけると嬉しかったくらいだ。外の世界には大きなサーモン以上にスゴイものがあるなんて考えるだけでワクワクしたものさ。

そして、わしのおじいさんから聞いていた世界の大冒険とやらをいつも夢みていたのだよ。

わしも長いことその大冒険をくわだててね。お父さんとお母さんは何度も森から脱走しようとするわしを連れもどさなくてはいけなかった。

そしてある日、兄さんを仲間にすることに成功したのさ。遠くへ行けばもっと大きなサーモンがたべられるって持ち掛けてね。２匹いれば外で寝る時は片方は見張りが出来て安全だからね。

とうとう大冒険に出発する日がやってきた。兄さんは住みなれたホームフォレストの外に広がる真っ暗で大きな知らない森を見てふるえていたよ。わしは兄さんをハグして「大丈夫さ」とはげました。

でも、本当はわしもとっても怖くてね・・・

でもその時ラッキーなことに、とても大きくてキレイなオーロラがあらわれて暗やみを照らしてくれたんだよ。大きな森の中で自分達はなんてチッポケなのだろうと感じたよ。

そして舞いおどるオーロラの下、勇気を出してまだ見ぬ世界への第一歩をふみ出したんだ。

お互いヒーローになった気分でね、冗談なんか言って笑いながらどんどん進んで行ったんだ。

そうして２～３日冒険し続け、とうとう自分達がどこからやって来てどこに向かっているのかも全く分からなくなってしまってね。気付いたら崖の淵にいたんだ。崖の下には緑色の池が輝いていた。

池を見下ろしていると、大きなサーモンがこっちへおいでと誘っているのが聞こえたんだよ。兄さんはお母さんが池には絶対近づいてはいけないと言っていただろと忠告してくれたんだがね、わしは聞こうとしなかったんだ。この池には世界一大きなサーモンがいるにちがいないって気がしてね。

絶対に大丈夫だという自信があった。そして美味しいサーモンを二人でお腹いっぱい食べられるって確信していたんだ。

ところが、ほんの２～３歩進むと足もとの岩がずれてね、そのまま岩とともに崖を転がりおちてしまったのだよ。

とてつもなく痛かったよ。
そして何もかもが真っ暗になった。

ひどく頭を打ったが　目を開けると足もひどく痛かったよ。辺りは腐ったサーモンのイヤな臭いがしていたな。本当にもうダメだと思った。
足が痛くて歩くことも出来ず、自然に涙がこぼれおちて、お母さんや兄さんの言いつけを聞かなかったことをとても後悔したものだ。
怖かったよ。

幸いなことに、兄さんがわしを助ける方法を思いついてくれてね。夕暮れ時、オーロラに助けを求めて祈ってくれたんだ。そして兄さんはオーロラの光の輪で投げ縄を作り、わしに投げおろした。わしが光の輪をしっかり体に巻き付けると兄さんは崖のフチまでわしを引きずりあげてくれたんだ。

恐ろしい池を遠く下に見下ろしながら自分が生きていることを実感したよ。

それでも足が痛くて全く歩けなくてね。もう家には帰れないかもしれないと思うと悲しくてしかたなかった。そして自分たちが知らない森でお腹を空かせて泣いていた頃、お父さんは毎日わしらの無事を祈ってくれていたのだよ。お母さんと妹は毎日わしらを探しに出ていたそうだ。

腹ペコでつらかったよ。足が治るまでもう持たないと本気で思ったものだ。

その時突然上空でするどい音がして２人とも飛び上がったんだ。見上げると大きな鳥が自分達めがけて飛んできてね、襲われると思って震え上がったよ。

でもそれはわしらにサーモンを運んできてくれた知らないタカだった。

タカはホームフォレストを知っているとも言っていた。なぜなら、ここ最近おおきな１頭のクマが目に涙を浮かべながら２頭の子グマが行方不明だが知らないかと上空の鳥たちに訴えてるのを見ていたからとね。そしてタカは自分の羽でホームフォレストの方向を示してくれた。

まったく予想もしていなかった助けに感激したよ。足も無事に治ったのでホームフォレストへ戻る旅をつづけたんだ。

さまよいながら注意して帰ったよ。クタクタだったけど家に帰れるという希望と喜びでワクワクしていた。

どんどん進むにつれて、自分たちのこの冒険を恥ずかしくも思い始めてね。

ホームフォレストが近づいてくるとお母さんが大きな声で泣いているのが見えた。自分たちには他の森の木や池の臭いがしみついていたのでお母さんは遠くからわしらを嗅ぎ分けることが出来なかったんだ。

でも、わしらに気付いた時、それはそれは喜んで出迎えてくれたよ。

お父さんは言うことを聞かずに勝手なまねをしたわしらをとても怒っていたけれど、心の底では無事に帰ってきたことを喜んでくれてね。

わしらは勝手な行動をとったことを心から誤ったよ。そしてお父さんとお母さんがなぜ何度も気をつけなさいと注意してくれていたのか本当によくわかったのさ。本当なら最悪の結果になりかねなかったからね。

無事に帰れた喜びを兄さんと何度もかみしめたよ。嬉しくてはしゃぎまくったさ。

家では食べる物に困ることもないしね。自分たちを心から愛してくれる人たちにも囲まれて。

安心して生活できる幸せに感謝したよ。ひとつかしこくなって成長したのさ。

外の世界では色々なことがおこっていて学べることは沢山あるが、一番大切なことは以外と身近で学べるのさ。

愛されているということは
何よりも大切なことなのだよ

わしらの大冒険はこれからもずっとクマの世界で語り継がれるだろう – オーロラの舞う時にね。

www.ingramcontent.com/pod-product-compliance
Lightning Source LLC
Chambersburg PA
CBHW041010170626
46815CB00002B/242
* 9 7 8 9 5 2 6 8 6 7 1 0 6 *